蒲公英的微笑

蔡志忠

CONTENTS

序　人生的目的 ———————————— 007

1　愛是什麼？———————————— 013

2　生命的真諦 ———————————— 019

3　及早築夢 ———————————— 029

4　設計一生的藍圖 ———————————— 045

5　自我學習 ———————————— 053

6　沒有效率的努力是沒有用的 ——————— 067

7　思考為一切之先 ———————————— 075

8　實力第一 ———————————— 085

9　如實扮演自己 ———————————— 089

10　至樂的境界―――――――――― 094

11　活在當下――――――――――― 101

12　用心若鏡――――――――――― 123

13　金錢的意義――――――――― 133

14　智慧之眼―――――――――― 143

15　開悟是什麼？――――――― 161

16　成功的定義――――――――― 179

17　死亡―――――――――――― 193

跋　動漫一生――――――――― 200

序　人生的目的

不切割生命去換錢

我三十五歲時，正逢《皇冠》雜誌創刊三十週年，《皇冠》
主編要每位作家寫一小短篇。
我寫了一篇〈十年人生感想〉的短文：
我過去花了十年賺得一千萬元，
我常想還給上蒼這一千萬元，
換回我的青春十年，當然我辦不到！
但從此我一定辦到不再以任何十年或一年或一天去換取
一千萬元。

用時間換錢，到頭來一定是個虧本生意。因為我們無法在臨死之前，用一千萬換回多活十年或一年或一天。

文章刊登出來之後，

我便立下人生大願：

此生不再切割任何生命去換錢，

除非我真的需要那筆錢！

從此我的生命不零售，將整個後半生批發給自己。我不再切割任何生命去換取財富，只做自己樂在其中的事。

一年後，當我拍完烏龍院動畫電影，便結束經營七年的龍卡通公司，一個人到日本東京四年，專心畫《漫畫中國哲學思想》，從此，我的後半生完全依自己的意願生活，做有意思的事，畫有意思的漫畫。

雖然我們能用時間去換取金錢，

然而再多的金錢也買不回青春。

猶太法典《塔木德》有一則故事

跟我的感言一模一樣：

金錢買不回生命

有一守財奴用一生賺得三萬個金幣，
他正準備退休好好享用這筆財富。
這時死神卻來索命：
「你的陽壽已盡，跟我走吧。」
「請再給我多活三天，
我給你三分之一金幣。」
「不行。」
「那麼兩天好了，
我給你三分之二金幣。」
「不行，不行。」
「只要讓我多活一天，
三萬金幣通通給你。」
「三萬金幣換多活一分鐘也不行。」

「那麼讓我寫幾句話行嗎？」

這次死神答應了，

於是守財奴用自己的血寫道：

「要珍惜生命，把生命用來換錢，

到頭來一定是筆虧本生意。」

我們有幸到世間走一回，

難道是為了來換取無法帶走的名利嗎？

我們唯一擁有的，

是沉船時不會失去的東西。

智慧是別人奪不走的財富。

我們唯一帶得走的，

是死後大家還記得的東西。

做出對後世人有益的事物，才得以留名。

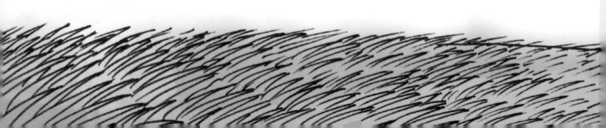

以心傳心

跟大多數人比起來，我一生的經歷和觀念都很特殊，以下
六十幾則故事和個人感想，是我六十五年來的人生感悟，
希望這些不同的觀念和想法有益於大家。

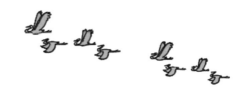

1

愛是什麼？

一切都是為了愛，其他只是無謂的細節。

愛自己，是人生第一個智慧，

愛自己的工作，才能叱吒風雲出人頭地。

愛自己，人生才活得精采。

愛自己，才能愛別人。

如果連自己都不愛，還有誰會愛他？

女人是男人的另一半

印度《吠陀經》

有一篇很美很美的男人與女人的故事：

當初，宇宙中只有一個原人。

他環顧四周發現只有自己一個人。

他很恐怖！

任誰孤獨一人時不是都很恐怖嗎？

於是他想：「恐怖要有對象啊！除我自己以外，更無他物，

我恐怖什麼？」

沒有對象可以恐怖，

於是他不再恐怖了。

他很不快樂。

任誰孤獨一人時不是都很不快樂嗎？

他希望有一個伴。

任誰孤獨一人時不都希望有人相伴嗎？

他便把他自己一分為二，

於是便有丈夫和妻子。

原人對他的妻子說：「妳的另一半是我，我的另一半是妳。

我們倆都是貝殼的一半，合而成為一個完整的我。」

因此原人的空虛被妻子所填補，

他擁抱她，於是產生了後代，人類便產生了。

這也是今天夫妻都稱對方為：

我的另一半的原因。

一個女人是男人的家

二○○九年，我入住杭州西溪溼地文化創意園，當地的媒體常問我：「你現在住杭州？還是住台北？」

我總是回答說：「一個女人是男人的家，女人在哪裡，家就在那裡！我的女人在台北，我的家在台北。」

愛是瞭解她的心

一把大鎖鎖住鐵門，鐵杵費了九牛二虎之力，還是無法將鎖撬開。

一根小鑰匙來了，

鑽進鎖孔輕輕一轉，大鎖就打開了。

鐵杵問小鑰匙說：「為什麼我費了那麼大力氣也打不開，而你卻能輕鬆打開呢？」

小鑰匙說：「因為我瞭解她的心。」

瞭解女人的心，才能打開女人的心鎖！

女人靠近男人的心

神造第一個女人時：

不取男人的頭來造，

因為女人不是男人的主人。

不取男人的腳來造，

因為女人不是男人的奴隸。

取男人的肋骨來造，

是要使她能常在男人的心附近。

所以男人與女人應該是心靈相通，

而不是性的結合。

好事需要鼓勵才能持久

我曾聽星雲大師講過一個故事：

有一位先生很愛吃鴨腿，每天到菜市場買一隻鴨，每天吃
兩隻鴨腿。後來覺得天天買鴨不是辦法，於是便在家裡的
後院養了一大群鴨子，要求太太每天宰一隻鴨子，他每天
吃到兩隻鴨腿。

有一天，太太只端來一隻鴨腿，第二天、第三天，太太還
是只端來一隻鴨腿。

他奇怪地問太太說：「怎麼現在只有一隻鴨腿呢？」

太太說：「因為鴨子只有一隻腿啊！」

先生說：「每隻鴨子都有兩條腿，怎麼可能只有一條腿？」

太太說：「不信你跟我到後院看。」

兩個人到了後院，果然看到每隻鴨子都用一條腿站著。

先生說：「哈哈哈！鴨子站著時，習慣將一條腿縮在腹部啊！」

於是先生大聲拍拍手，

鴨子們便露出兩條腿跑開了。

先生說：「妳看每隻鴨子不是都有兩條腿嗎？」

太太說：「對啊！要拍手鼓掌，才會有兩隻腿啊！」

愛需要長期餵養，

缺乏鼓勵，綠洲會變成沙漠。

2

生命的真諦

人來到世界上，到底是為了什麼？

人生的目的到底有什麼意義？

凡是生命必會有生死，人生從何來？死向何方？

在這個問題之前，人要先問：「哪裡才是我的天堂？」

一個人如果活在自己的天堂，

這些問題再也不是問題，因為他已經不需要答案。

尋找自己的天堂

人生主要任務是：

尋找自己的天堂，

找到了之後，

擺自己在對的位置上。

然而每個人對天堂的定義不一樣，

天空是鳥的天堂，

深淵是魚的樂園。

如果我是魚，

深淵便是我的天堂。

如果我是鳥，

天空才是我的樂園。

哀莫過於錯認自己的角色：

魚自以為自己是鳥，

鳥自以為自己是魚。

佛陀說：「天堂與地獄就在我們的六尺之軀，我們是自己
的天堂，我們是自己的地獄。」
天堂就在凡間，紅塵即是彼岸！
天堂與地獄同樣都在人間，
在讓魚當鳥、讓鳥當魚，
這就是地獄！
讓魚當魚、讓鳥當鳥，
這就是天堂！
擺自己在對的位置上，
就是置身於天堂！

計畫自己的人生

美國哲學家佛洛姆說：
「每個人都生自於父母，
每個人都有義務再重生一次。」

蛻變自己

你活得這麼久，應該知道什麼是人生的意義？

小蛇問大蛇說：

就是童年時童年過，青年時青年過，老年時老年過！

就是童年時童年過，青年時青年過，老年時老年過？

不錯！一個人如果一生只有一個自己就太可憐了，不會蛻皮的蛇即將死亡！

不變就是死亡；生就是變化不已。
人應隨著成長隨時蛻變，
重新化作一隻新的蝴蝶來。

父母生下了肉身的你，

你的首要義務就是：

為自己的大腦灌新的軟體。

蛻變為美麗的自己

小毛毛蟲問蝴蝶媽媽說：

「媽媽妳那麼美麗，為何我長得這麼醜？」

蝴蝶媽媽說：

「妳必須蛻變七次，

才能變成飛翔於天際的蝴蝶。」

每隻小毛蟲都具有變成蝴蝶的本質，

每個小孩都可能成為世界頂尖的人物。

主動追求夢想

人沒有夢想，就像蝴蝶沒有翅膀。

每隻毛毛蟲都可以變成美麗的蝴蝶。

從二維的樹葉平面爬行，躍升為飛行於三維立體空間。

但在這之前，毛毛蟲得先經歷幾次正確的脫皮蛻變。不會
蛻變的毛毛蟲只有死亡。

生命難得、千金不易

有一位學生到綠洲問先知說：「什麼是人生之道？」

先知說：「世間有兩種人，有一種人知道自己這輩子應該
怎麼活！」

學生說：「另一種人，不知道自己這輩子到底應該怎麼
過？」

先知回答說：「不不不！另外一種人是根本不懂什麼叫做

這輩子？他總以為還有很多輩子，可以一再犯錯重新再來
過。」
我們每個人只能活一次，
生命不能重新來過。
如果每個人都能活兩次，
相信每個人的第二次生命
都會做好一生的詳細規劃。
不會再把自己難得的一生，
換取虛妄不實的名片頭銜。
我們不需兩次生命，
才知道如何過好自己的一生。

盤山和尚在街上看到有人
正在買野豬肉……

盤山聽到屠夫這句話，
終於有所自覺。

任何時間、任何地點就是最好的時間、最好的地方。只要你能細心去體會⋯⋯

為自己設計精采的一生

人只有一輩子，我們只能活一次，

每個人應把自己的一生活得很精采。

人生的終點是哪裡？

每個人有自己的旅程，

每個里程都會有個很明確的目的地，

然而人生這麼重要的旅程，有誰打從一開始便清楚地知道

自己的目的地？

我們來這輩子，到底要換取什麼？

人生絕不是為了來換取帶不走的權勢名利，而是完成自己。

3

及早築夢

人人都有夢想，
每個人的夢都很不一樣。
一個人的夢想，
其實就是他心目中的天堂。

人人不同

有一僧問巴陵和尚：

祖師禪和如來禪是相同呢？還是不相同？

雞寒上樹，

鴨寒入水。

寒冷的情況一樣，但避寒的方法卻各有不同。要達到同一個目的，但人人的方法不同；路不是只有一條，也不是每一個人都適合走同樣的一條路，拘泥於一種方式，可能你到不了目標。

及早決定自己的一生

孔子說：「吾十有五而志於學，三十而立，四十而不惑，五十而知天命，六十而耳順，七十而從心所欲，不踰矩。」

兩千五百年前，孔子十五歲才致力於學習，三十歲才獨當一面，到了七十歲才依內心的感覺隨心所欲行事。

在十倍速率快速進展的今天，

這算是非常低標準的了。

從前，莫札特七歲時，

已經是個傑出的演奏者，

自己也創作出很多知名的交響樂。

高斯七歲時發現連續和公式：

$S = 1/2 [n(n+1)]$

牛頓二十三歲時便發現了

萬有引力和明瞭微積分。

愛因斯坦十三歲時開始研究物理，

二十六歲發表了驚動物理界的相對論。

今天，辛吉絲十六歲就拿下澳網冠軍，

十七歲就已經是世界網球球后。

山普拉斯十七歲便勇奪英國溫布敦冠軍，同時也是世界網球球王。

比爾‧蓋茲、賈伯斯、史匹柏等人早在二十歲左右，就成為該領域的世界頂尖人物。

今天我們不能十五歲才立定志向，

也不必等到七十歲時才傾聽內心的話去行為。應該從很小便立志，很早就依自己內心的感覺行動！

夢要築得很實際

小時候，父親問我和大哥的兩個小孩說：「你們長大要當什麼？」

大哥的大兒子指著牆上的蔣介石照片說：「我要當大總統。」

大哥的二兒子說：「我要當警察。」

我回答說：「我要畫電影廣告招牌。」

我不知道父親當時對這麼小的志向是否感到很失望？

長大後，三個人的志向只有我的真正落實，只是稍微提高一點標準：「當漫畫家」。

早在父親問我志向之前，我已經花了一整年思考自己長大之後要幹什麼？

四歲半時，我從父親送我的小黑板中，我找到了人生之路，就是我很愛畫畫、很會畫畫！

畫電影招牌是當時在山邊小鎮唯一能找到的最高理想。

大哥的兩個孩子後來當然沒有當大總統或警察。當大總統的確很偉大，當警察是很神氣，但畫電影招牌的夢想才真的很實際。

夢想的細節要很清楚

女兒三、四歲時，

我問她：「妳長大要當什麼？」

女兒回答說：「我要當設計家。」

我繼續問：「設計什麼？」

女兒說：「很多東西可以設計啊。」

我說：「妳舉例說看看。」

女兒說：「為什麼漢堡要圓的？為什麼三明治一定是三角

的？」

女兒說得對，創新就是偉大的叛逆，

新潮流的設計就是打破傳統。

我們訂出自己的志向時，

千萬不要像作文的內容一樣：

我要立大志、做大事、做一番轟轟烈烈偉大的事情，然後

就沒了！

立什麼大志、做什麼大事、如何做得轟轟烈烈都沒寫，作文還可以得一百分呢。

我們問自己的小孩將來的志向時，

一定要繼續逼問後續過程和細節，

他便會仔細觀察自己還缺少什麼條件才能完成自己的志向。

理想與妄想

問今天的年輕人說：「你最想當誰？」

通常百分之八、九十的答案都是：

當今的首富。

如果我們只是期待自己能成為首富，

而首富之所以成為首富的條件自己一項也沒有。這不叫做志向，這叫做妄想。

回顧目前世界上厲害的角色，他們都很小便找到自己人生

的目標。

及早問自己問題！我將來要做什麼？

要達成目標還需要什麼條件？

自己問得越早，越容易成功，

自己問得越早，就會準備得早，

機會永遠賜給準備好的人。

眼前即道路

十方都通佛土，一條大路直通涅槃之門，請問路由哪裡走起？

學僧問乾峰禪師說：

就從這裡。

人生的道路不需要往虛無縹緲的世界去尋找，只要注意生活的細節，從生活上去體會即可。當人的懷疑剛剛興起，答案可能就擺在那裡。

求人不如求己

佛印禪師與蘇東坡同遊杭州靈隱寺時，到觀音菩薩的像前，佛印禪師合掌禮拜。

蘇東坡問佛印說：「我們求觀世音菩薩，為何祂也掛著一串念珠？觀世音菩薩在求誰？」

佛印禪師：「求觀世音菩薩啊。」

蘇東坡：「觀世音菩薩求觀世音菩薩？」

佛印禪師：「觀世音菩薩比我們還清楚，求人不如求己。」

我常看很多人在寺廟求神拜佛，口中喃喃有詞希望神佛能為他帶來好運。

這個畫面真奇怪！自己不全力以赴開創命運，只憑一點點供品燒香禮拜，就企求神祇替我們創造美好的未來？佛印禪師說得好，求人不如求己。

掌握自己的命運

命運不寫在臉上、命運不寫在掌上、

命運不寫在痣上、命運不寫在星相上、

命運寫在每個人的心上！

每個人掌握自己的命運，

每個人走出自己的人生之道。

世間迷信命運，

命運是無能者的藉口。

你決定了自己的世界

一個學者在書房準備明天的演講稿，小兒子卻在一旁吵鬧不休。學者便撕了一頁旅遊雜誌的世界地圖，把它撕成碎片丟在地上，然後跟小兒子說：「如果你能拼好這張世界地圖，我就給你十塊錢。」

十分鐘，小兒子很快就拼好了世界地圖，學者感到很驚奇：「兒子，你好厲害，怎麼這樣快就拼好了世界地圖？」

小兒子說：「世界地圖背面有一個人的照片，我依照這個人的照片把圖拼好，然後翻過來。我知道如果這個人是正確的，那麼世界也會是正確的。」

學者很高興地給小兒子十塊錢。

並改變了自己演講的題目：

「如果一個人是正確的，

他的世界也就會是正確的。」

你認為世界如何？
世界就展現出你所想的樣子。
悲觀者看到了悲慘世界，
樂觀者相信太陽明天還會升起，
微笑地迎接嶄新的一天。

4

設計一生的藍圖

當初秦始皇統一天下後，巡遊會稽郡吳中時，
看了列隊浩浩蕩蕩的華麗排場，
劉邦感嘆地說：「男兒當如此。」
項羽看了卻豪氣地說：「彼可取而代之。」
楚霸王項羽可不是年少猖狂講大話，
他二十三歲便帶領八千江東子弟兵渡江攻打秦軍，
二十五歲時便拿下大秦國都咸陽。
秦亡後自封「西楚霸王」，
統治黃河及長江下游的梁楚九郡。

尋找生命的摯愛

有一次新東方教育集團董事長俞敏鴻請我吃北京鄉下的土家菜，路上他指著山上一棟建築物說：

「我大三時因為肺結核，在山上這家醫院待了一年，也讓我思考了一年。我想通了一個關鍵，就是：不要跟人家比成績，也不要跟人家比文憑，而是要想通自己將來要做什麼？」

俞敏鴻是極少數畢業後沒有出國留學的北大英文系學生，因為他已經找到生命之路，就是創辦北京新東方學校。由於新東方對中國學生出國留學的托福考試幫助很大，他被譽為「留學教父」，據說目前海外中國留學生中有百分之七十曾就學於新東方。

只有死魚才隨波逐流，

會思考的魚總是先問自己要游去哪裡？

尋找生命的摯愛，然後無悔地朝向自己的目標前進。

主動追尋夢想

陳立恆念輔仁大學德文系時，便一心想要自組樂團，大學畢業後接手愛迪亞餐廳自己當老闆，為的只是一圓組樂團演唱音樂的夢想，能長期在自己的餐廳駐唱。

十年後，他玩夠了音樂之後，便解散樂團結束愛迪亞餐廳。

這時他想：「瓷器的英語就是 China，瓷器原本是中國獨有的世界品牌。而今賣得最貴的瓷器都是歐洲所生產的，真是沒有天理啊！」

於是他去找故宮釉下彩專家，花了很多時間、金錢，幾年後創辦了法蘭瓷（FRANZ）國際精緻禮品公司。法藍瓷成功地融合創新、人文、藝術、時尚等元素，並採用釉下彩、倒角等技術，法蘭瓷所生產的產品得過一百多次國際大獎，是台灣文化創意產業自創品牌最成功的典範。

夢要由自己編由自己圓，當我們有了自己的夢想，

圓夢的美妙過程不叫做工作，而是快樂地踩在雲端朝向天堂邁進。

裝睡的人叫不醒

問：「什麼樣的人叫不醒？」

答：「裝睡的人是叫不醒的！」

什麼都沒做，而妄想鶴立雞群、出人頭地、好運來臨的人就是裝睡的人。

讓美夢成真的唯一方法是：從夢中醒來，用實際行動將夢想化為真實。

擺自己在對的位置上

二十多年前，施文祥是愛迪亞餐廳樂團的吉他手、陳立恆是貝斯手，當陳立恆決定經營瓷器禮品時，施文祥到日本學電吉他，他發現隔壁教室教的電腦動畫好像比電吉他好玩，因而轉去學電腦三維動畫。從此他演奏的不再是手上的吉他，觀賞他演出的對象，也不是 pub 或西餐廳裡的觀眾，而是世界上最奇幻燦爛的，名為電腦動畫的「交響樂」。

回台後創辦了西基動畫公司，成為當今全球最具電腦動畫水準的十八家動畫公司之一。西基動畫公司與皮克斯 PIXAR 等第一流的好萊塢電影公司合作，到目前已經製作了：星際大戰之複製人大戰、馬達加斯加、Zack、巴哈姆特等等。

幾年前《星際大戰》的盧卡斯入股西基百分之四十三股份，成為最大的股東。

魚要在水裡才能隨心所欲，

鳥要在天空才能快樂翱翔。

擺自己在對的位置上，

才能將自己的能力發揮到極限。

時效最重要

成功的因素是：

「對的人、在對的時間、做對的事。」

比爾‧蓋茲來不及念完哈佛大學一年級，就急著出來創辦

微軟。

賈伯斯根本沒到大學註冊繳學費，

就開始成立蘋果電腦公司。

因為他們都知道：

最大的罪惡是錯失時機，

即時創辦微軟、蘋果比哈佛的文憑重要！

時效比努力、毅力重要，時效比什麼都重要！

成功者之所以能成功的關鍵，

不是先努力，而是先有自己的想法。

如果我們的想法與眾不同，

便能走出一條很獨特的人生之道。

5

自我學習

三億年前……蜘蛛剛一出生，便會吐絲、織網，

三億年後……蜘蛛剛一出生，還是只會吐絲、織網。

人類的小孩生下來，通過學習，

可以成為工程師、數學家、科學家、物理學家。

孔子說：「性相近、習相遠。」每個人剛生下來時，

其實條件相差都不大，但通過不同的學習，

後來的人生發展便相差很大。

教育的目的不只是為了考試成績與文憑，

而是在於激發學生的潛能，及早幫助學生走向正確的人生之道。

學習不是為了應付考試，而是為了獲得能力！

然而，學習的重要關鍵是：及早學會自我學習的能力，

然後自發性學習，把學習視為天性，終生學習。

被動式的教學成效不高，自發性學習才學得快又好。

各擅勝場

蚱蜢嘲笑小蟋蟀體型小，

小蟋蟀說：「雖然你雙腿粗壯，跳得高。

但歌聲卻不如我美妙。」

人人的條件不一樣，要發揮自己所長，

不需要和別人比較。

人生的兩個硬幣

一個窮人到曠野中求見神，

神從荊棘的火焰中現身。

窮人說：「神啊！我一個月只賺兩個硬幣不夠生活，該怎麼辦？」

神說：「你應該拿一個硬幣去生活，另一個硬幣去繳學費學習。」

「兩個硬幣都快不夠生活了，
為何還要拿一半的錢去學習？」
神說：「不這麼做的話，
你只能永遠只賺兩個硬幣。」

這樣得跟我學七十年才能學成。

！

急功近利的人多半是欲速則不達,「平常心是道」正是這個道理。

道而弗牽、強而弗抑、開而弗達

兩千五百年前，《禮記‧學記篇》說：

如果一個君子已經知道：

教育成功的原因，

又知道教育失敗的原因，

於是他便可以為人師表了。

君子引導學生的方法應該是：

只是加以引導，而不是強迫服從，

對待學生嚴格，而不是抑制發展，

只是啟發學生，而不示之以答案。

引導而不強迫，則師生關係和諧；

教學嚴格而不抑制，則學生能自由發揮；

啟發學生而不示之以答案，則引發學生思考。

師生能關係和諧，

學生能自由發展，

能引發學生思考，

這可稱之為最善於引導學生的了！

很遺憾，兩千多年後的今天，我們的教育距離《禮記‧學記篇》所要求的竟然差這麼遠。今天學生們上學讀書受教育，像是為了去應付考試、成績、文憑的目的。

教育的目的在於啟發學生獨立思考能力，

引導學生幫助他找到天賦，而不抑制發展。

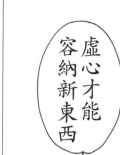

虛心才能容納新東西

一位學者向「南隱」問禪，南隱以茶相待。

他將茶水倒入杯中，茶滿了但他還是繼續倒……

師父，茶已經滿出來了，不要再倒了。

你就像這只茶杯一樣，裡面裝滿了你自己的看法、想法。你不先把你自己的杯子空掉，教我如何對你說禪？

是。

心中有自己的成見，就聽不見別人的真言。兩人對談，多數人急著表達自己的意見，結果聽到的除了自己的聲音以外，什麼都不曾得到。

像獨覺者一樣自我學習

一位導師帶著他的學生們到森林裡，

這時他看見一個獨覺者正想涉過一片沼澤。於是導師便對

著他大喊：

「人啊！你要小心啊！別走錯了踩進沼澤會沉下去啊。」

那獨覺者回頭大喊：

「嘿！你才應該小心啊！我走錯路，沉下去的只是我一

人。如果你走錯了，沉下去的還有你的一大群追隨的學生

們。」

孟子說：「盡信書，則不如無書。」

天下有錯誤的課本，有教學不正確的老師。例如亞里斯多

德的錯誤物理學，被當作真理在學校教了一千五百年，燃

素、以太的錯誤理論也在神聖的教室裡教了近百年。

多才多藝等於一無是處

學生說：「我會彈三絃琴、作曲、下棋、射箭、騎大象。」

智者說：「嗯，的確多才多藝。但多才多藝等於一無是處。」

學生說：「為什麼老師會這樣認為？」

智者說：「學習一項技能，要設法使自己成為世界第一。什麼都學、什麼都會，表示什麼都不精的。」

大多數人終其一生都是以一把刷子混飯吃，為何從小要同時學十把刷子？

學習國文、數學、歷史、地理、物理、化學、生物、公民、音樂、體育或許是為了發現每個學生的潛能，但連續學了十二年跟將來所做的行業無關的課程，豈不是對青春的一大浪費？

母獅與狐狸

狐狸取笑母獅無能，
笑她每胎僅能生一子。
母獅回答說：「我是生不出一窩狐狸，
可是我生下的是一頭獅子。」
貴重的價值在於質，而不在量。
學習也是如此，學會十八般武藝，
哪能跟單項世界第一相比？

行行出狀元

上古時代的人們思想可開放得多了，
細數先秦名人：
最會開車的叫造父

最會相馬的叫九方臬

最會調馬的叫伯樂

最會射箭的叫紀昌

最會彈琴的叫伯牙

最會聽琴的叫鍾子期

視力第一的叫離朱

聽力第一的叫喫詬

佛陀十大弟子的才能也是多樣性的：

天眼第一阿那律

多聞第一阿難陀

持戒第一優波離

神通第一目犍連

密行第一羅侯羅

智慧第一舍利弗

解空第一須菩提

說法第一富樓那

論議第一迦旃延

頭陀第一大迦葉

從前人們對各種行業都相當尊重，

沒有高低貴賤分別。由於科舉制度使我們長期迷失在：萬

般皆下品，唯有讀書高的魔咒裡，於是就陷入重視文憑而

不重視真正實力的價值觀裡。

獨坐大雄峰

有位和尚問百丈禪師：「世上最奇妙的事是什麼？」

百丈禪師說：「獨坐大雄峰。」

網子的大小決定魚獲的數量，

氣度的大小決定成就的高低。

器小容不了大物，

志小走得不長遠。

6

沒有效率的努力是沒有用的

我們一生中，常聽父母師長說：

「努力！努力！要努力！只要你努力，便會有成就。」

其實這只是一句騙人的激勵話語，沒什麼用處！

努力只會比不努力好一點而已。

如果只是單靠努力持之以恆，那麼不是所有的人都抵達顛峰了嗎？

我們看很多人努力一輩子，也沒有成就。

很多人一開始也很努力，後來為什麼不繼續努力呢？

因為努力沒成果。在這裡並不是要大家別努力，

而是努力要有方法，沒有方法的努力只是白費力氣。

努力需要毅力長期的支撐，

唯有樂在其中的狂熱才能維持久遠。

狂熱比毅力重要

努力問狂熱說：「我跟你的差別在哪裡？」

狂熱說：「你做只是為了達成目標，

我是迷戀到沒做會死掉。」

努力說：「這會有多大的差別？」

狂熱對努力說：「你很難一生每天都努力十五小時，對狂

熱者而言：他恨不得一天有四十八小時，能瘋狂投入與自

己所愛相處。」

努力是為了達成自己所期待的目的，需要毅力來支撐。

狂熱是融入於自己所瘋狂的事物本身，所以不累不睏，才

能持久。

人生不是爬斜坡

人生不是爬斜坡，

只要持之以恆就能抵達顛峰。

人生像爬階梯，每一階有每一階的難點。

沒有方法的努力只會在原地跳，毫無進展。

成功不只是來自努力，而是要有抵達目標的方法。學物理、數學、橋牌、英文、日文、漫畫、動畫各有不同的方法，每種學習都有不同的難點，沒克服難點只是一味地努力，所得到的成果十分有限。

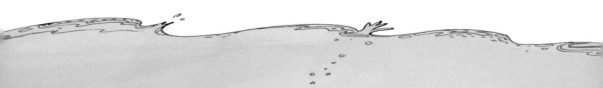

自己的方法最好

課堂上，老師教導蚊子、蜈蚣、蛇、風
四位學生。

老師說：「各位同學！由 A 到 B 最短的距離是直線，老
師先走一遍給大家看。抬起右腳，跨出去。抬起左腳，跨
出去。一、二、一、二，於是便從 A 走到 B 了。」

蚊子說：「我有三對腳，但是由 A 到 B 最好的方式還是
用我的翅膀飛過去才快！」

蜈蚣說:「我有五十對腳,但我無法同時抬起五十隻右腳、五十隻左腳啊!」

蛇說:「我連腳都沒,如何抬起右腳左腳?」

風說:「我連形體都沒有,哪來的腳?」

我們知道老師只是提供老師的方法,每個學生要自我發現自己的特長,而非模仿老師的方法。

用自己的方法達成老師所說的目標,

這樣才能青出於藍,更勝於藍。

跟整個世間學習

兩千五百年前,佛陀帶著弟子們經過一片樹林時,從地上撿起一片葉子回頭問弟子們說:

「弟子們啊!你們說:

是我手上的葉子多呢?

還是整個樹林的葉子多呢?」

弟子們回答說：「老師！你手上只有一片葉子，如何能跟整個樹林所有葉子相比呢？」

佛陀說：「是的！我手上只有一片葉子，不能跟整個樹林有如恆河沙數的葉子相比。我所能教你們的也如同我手上的一片葉子一樣，而世間能讓你們學習的，如同整個樹林的葉子一樣多。」

學習不只是在學校跟老師學，而是要跟全世界的過去、現在的任何人學習。例如學畫時，老師所教的只是佛陀手上的那片葉子，由過去到現在整部西洋美術史的所有畫家們，才是整片樹林的全部葉子。

十大不可相信

兩千五百年前，佛陀對葛拉瑪人說：

葛拉瑪人啊！
不要因為口耳相傳，就信以為真。
不要因為合乎於傳統，就信以為真。
不要因為轟動一時流行廣遠，就信以為真。
不要因為出自於聖典，就信以為真。
不要因為合乎於邏輯，就信以為真。
不要因為根據哲理，就信以為真。
不要因為符合常識推理，就信以為真。
不要因為合於自己的見解，就信以為真。
不要因為演說者的威信，就信以為真。
不要因為他是你的導師， 就信以為真。

佛陀又說：

比丘們啊！你們聽別人說法，
要將所聽到的一切像火試驗金一樣地去親自證實，
沒經過自己證實聽到就相信的叫做迷信，
經過自己證實之後才相信的叫做正信。

7

思考為一切之先

愛因斯坦說：「頭髮亂不亂沒關係，

重要的是頭髮底下的腦袋瓜。」

哈佛的校訓是：「獨立思考」。

不要用你所學的來判斷對錯，

要用你獨立思考來檢驗是非。

頭是用來思考的，而不只是用來放五官。

芥納須彌

唐朝的李勃很愛讀書，由於讀書破萬卷，世人稱他為「李萬卷」。

腦是人的唯一優勢

人與其他動物相比：

體型不如大象、犀牛。

速度不如花豹、羚羊。

威猛不如獅子、老虎。

耐力不如駱駝、水牛。

體能不如猩猩、狒狒。

人唯一的優勢就是有一顆能思想的大腦，所以人應該善用自己的大腦。

每個人都有兩隻手、兩條腿，身體的條件其實人人相差不大，但每個人的成就卻相差很大，最主要的原因就是腦袋瓜裡面思考的東西不一樣。

獨立判斷

小時候常常聽父親對別人說：

「報紙亂寫、歷史亂寫、教科書亂寫。」

我不知道是父親亂講？胡亂批評？

但另一方面，我也真不知道報紙、歷史、教科書是否真的亂寫？

從此我看到任何寫在白紙黑字的事物，我不會立刻認為是真理，

只會說：「我曾經在報紙、歷史、課本看過有這麼個說法。」

白紙黑字不一定是真理，一切事實必定等到自己親自證實以後才信以為真，而這也是我從小便養成獨立思考、獨立判斷的好習慣。

不要遽下判斷

孔子被困於陳蔡時，有一天顏回負責煮祭祀的貢飯，有一小團飯掉到地上弄髒了，於是顏回便撿起小團飯吃了。剛好被子路看到，以為他偷吃。經過顏回解釋，子路才恍然大悟。

後來孔子知道了整件事，很感慨地說：

「我們親眼看見的事情也不確實，

何況是道聽塗說呢？」

最貴的鸚鵡

量子力學大師波爾到英國跟近代原子核子物理學之父拉塞福學習時，看到拉塞福身旁一位非常安靜但又行為怪怪的助理查兌克。

波爾問拉塞福說：「你為何選查兌克當你的首席助理？」

於是拉塞福對波爾說了一個故事：

有一個人到寵物店想買一隻鳥，他看到一隻非常漂亮又會唱歌的鸚鵡。

便問老闆說：「這隻鸚鵡多少錢？」

老闆回答說：「這隻鸚鵡要一千英鎊。」

這個人沒那麼多預算，於是便選了一隻醜一點的鸚鵡。

老闆說：「這隻要兩千五百英鎊。」

「為什麼這隻比較醜的鸚鵡反而更貴？」

「因為這隻鸚鵡會講五國語言。」

於是他便改選了寵物店裡最醜的一隻鸚鵡。

「這隻要五千英鎊。」

「我知道，這隻鸚鵡會講十國語言。」

「不不不！這隻鸚鵡既不會唱歌，也不會講任何國家的語
言。」

「那麼牠為何要賣五千英鎊？」

「因為這隻鸚鵡會思考。」老闆回答說。

查兌克果然如同那隻長得醜但是會思考的鸚鵡，一九三〇
年查兌克進行鈹輻射的研究，他用 α 粒子轟擊鈹，證實
中子的存在。也因為發現中子而獲得一九三五年的諾貝爾
物理獎，並於一九四五年被英國皇室封為爵士。查兌克證
明拉塞福故事裡的比喻：會思考比漂亮又會唱歌又會十國
語言厲害。

8

實力第一

沒有實力支撐的文憑只是一張廢紙！

文憑只能支持你到面試的那一天，

開始做事之後，得用實力來證明自己。

沒有實力做後盾的工作幹不久，

沒有實力支撐的路，走不長遠。

孔雀與寒鴉

眾鳥在一起商議選舉國王，孔雀認為牠美麗漂亮，應該被
擁立為王。
當眾鳥正準備推舉孔雀為王時，
寒鴉說：「如果讓孔雀當國王，鷹來攻擊我們時，孔雀能
保護我們嗎？」
衡量一個人，不能只看外表或履歷。
而是要由他勝任該位置的實力來評斷。

專心掌控自我

騎在駱駝上的人有他的計畫，
而駱駝也有牠自己的計畫。
心中所想與行為所走的，
不一定是相同道路。

理智與感情、意志與欲望
常在自己的內心中衝突交戰。
人像一部馬車！肉體是車身，
欲望是馬，意志是韁繩，
思想是車伕，自我是乘坐車上的主人：
用自我控制你的思想，
用思想控制你的意志，
用意志控制你的欲望，
讓馴服的欲望帶你到目的地。
啟程之前，完全清楚自己的目標，
全神貫注行動，便能抵達目的地。

9

如實扮演自己

一位學生向拉比說：「我要成為馬克思第二。」

拉比說：「做你自己。」

另一位學生說：「我要成為佛洛伊德第二。」

拉比說：「做你自己。」

第三位學生向拉比說：「我要成為愛因斯坦第二。」

拉比說：「做你自己。」

三位學生齊聲說：「有為者亦若是，成為他們第二有什麼不對？」

拉比說：「你們都要當別人，讓誰來當你？」

我們一生下來就已經是自己了，不是別人的複製品。

每個人有自己的方向，走出屬於自己的人生之道。

我們不可能成為別人

棟方志功一心想成為日本的梵谷，

他傾全部的生命，瘋狂投入藝術。

最後，他發現自己辦不到，

因為他已經成為：「世界的棟方志功！」

每個人都是自己，不可能成為別人。

每個人扮演自己，別人不能成為你。

蒲公英的微笑

如果我是一棵蒲公英小草，

我將自在自得歡愉地享受著生命。

在該開花時開花，

該傳播種子時傳播種子。

我才不理隔壁那棵雄偉的千年大樹，

因為我是花，他是樹；

他是他，我是我，

他不是我，我不是他。

代替不來

請問什麼是禪學的大義？

我很想告訴你……

但我現在要去撒尿。

想想看，像這種小事也要我親自去才行啊！

請問你能不能代替我去？

悟通生死大事，只有依靠自己，別人是代替不來的。抱持別人的觀念就像鸚鵡學舌，雖會講話，但牠自己卻不知其意。

10

至樂的境界

我們從北京搭飛機回台北要花四個鐘頭，

飛行了一大段時間，

如果你覺得大概超過一半了，

看了手錶發現才飛了一個多鐘頭，於是你便會頻頻看錶，

覺得這趟行程時間過得很慢。

如果看了手錶發現已經飛了接近三個鐘頭，

你便會覺得這趟行程時間過得很快，飛機一下子便抵達台北。

同樣的行為也是如此：如果效率比想像還要快，你就會更快。

如果效果比預期還要好，你就會更好。

反之亦然：如果效率比想像還要慢，你就會更慢。

如果效果比預期還要差，你就會更差。

乃至最後無法完成！

所以有很多一心想成為專業藝術家的人，
由於自視太高，畫出來的作品不如自己所預期，
乃至越畫越慢，最後藝術這條路終於走不下去了。
另外有很多成功的畫家進步神速，
他一生所畫的作品也很多，
因為在畫畫過程中他覺得畫得比自己想像得快，
比想像的效果好，
這股原動力促使他越畫越快越好，
而他也樂在其中，很享受畫畫的過程。
由於日子過得很隨心所欲，
處於這種狀態的畫家通常都活得很老，作品很多。
例如畢卡索活到九十二歲，創作了四萬多件作品，
夏卡爾活到九十八歲，一生畫了九千多幅作品。

置身於極樂天堂

神才能無中生有，漫畫家有如半個神！因為漫畫家想畫一個漂亮眼睛，手隨著心，漂亮眼睛同時完成。女人懷胎十個月才能看到親生小孩，漫畫家瞬間便可以看到自己的作品，隨時處於心想事成之境之時，大腦便會分泌腦啡肽安多酚，這時有如開悟，身心舒泰到了極點。

我每天清晨一點起床，全力以赴全心投入工作，行雲流水，速度飛快無比，這時宇宙時空像完全不存在一樣，萬籟俱寂，唯一會聽到的只是心跳與筆尖的唰唰聲，時間像一股甜蜜流水緩緩地通過整個身心，這時感受到生命真是美妙，像是置身於天堂境界，這種至樂之極的境界難以用語言形容。

專注是最高的寂靜

空空尊者參見高人無為大師時，看見無為大師寂然靜坐、
絲毫不動。

空空尊者問無為大師說：「你從哪裡習得這般寂靜的？」

無為大師回答說：「是跟貓學的，當牠守在老鼠洞口時，
比我寂靜一百倍。」

當一個人處在自己的焦點時，時間、空間都不存在，唯一
會動的只是那顆狂熱的心。

以摯愛為業即是天堂

北宋張擇端花了十年時間畫《清明上河圖》，他天天在京

城汴梁及汴河兩岸素描繁華和熱鬧的景象和優美的自然風光。由於讓內心原欲展露，做自己喜歡的事非常享受，故能樂此不疲。

如果我們選擇自己的最愛做為職業，又能勝任愉快，心靈的收穫是物質所不能比擬的。所以很多藝術家樂於居陋室，而不改其志。

11

活在當下

生命是一件很奇妙的事！

無論我們有多少錢，我們只使用上面那幾張。

無論我們有多少屋子，我們只有一個身體可以住。

無論我們可以活多久，我們永遠只能兌現：

此時、此地、剎那、當下、瞬間的一微小切片時間。

我們不能讓時間回頭，也不能讓時間快速走。

我們唯一能夠的就是：把握當下，融入現前。

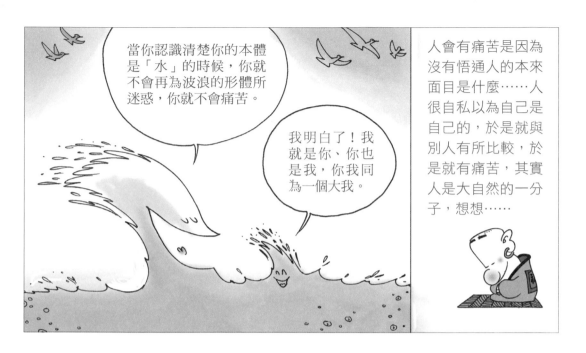

當你認識清楚你的本體是「水」的時候，你就不會再為波浪的形體所迷惑，你就不會痛苦。

我明白了！我就是你、你也是我，你我同為一個大我。

人會有痛苦是因為沒有悟通人的本來面目是什麼……人很自私以為自己是自己的，於是就與別人有所比較，於是就有痛苦，其實人是大自然的一分子，想想……

色境與空境

「色」是心所造成的形象；而因緣所生之法究竟而無實體，曰「空」。

如果世界是一片草原，每個人是一根小草。

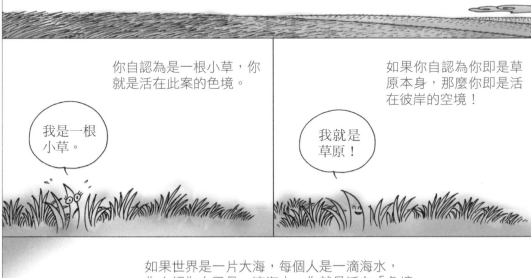

你自認為是一根小草，你就是活在此案的色境。

我是一根小草。

如果你自認為你即是草原本身，那麼你即是活在彼岸的空境！

我就是草原！

如果世界是一片大海，每個人是一滴海水，
你自認為自己是一滴海水，你就是活在「色境」。

我是大海中的一滴海水。

我即是大海！

如果你自認為自己即是大海本身，那麼你即是活在「空境」。

這個此岸與彼岸其實是同一個時空。

好清境。

好無聊。

所以佛說：

只是處於這個時空中的人的態度不同，而活的境界有所不同。

色不異空，空不異色。
色即是空，空即是色。

好好聽！

好吵！

一個人處在任何時間、時空時，
要像一粒鹽溶入一桶水一樣。

一粒鹽剛掉入一桶水時，
有我有水，

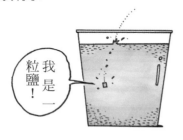

當它溶於水之後，無我無水，消失了自己，
無我地把自己融入時空的每一部分。

把自己溶入一桶水，你就擁有了
整桶水。把自己融入所處的時空
中，你就擁有了整片時空。

大多數的人都老是背負著過去，
期盼著將來，而沒有活在現在。

← 過去　　　　　　　　將來 →

要做一個融入於當下的人！別當一個
背負過去與企盼著未來的奴隸啊！

水到哪裡，船就到哪裡；
船到哪裡，人就到哪裡；
人到哪裡，心就到哪裡。

要像一艘隨時空而流的船啊！

擁有
與融入

有一位藝術家到
可港去畫畫。

他發現一切都很美，
美得無法下筆！

於是便買下
一棟房子。

收拾起畫具，
永遠不再畫畫了。

從此就在可港住下，
把自己融入美的畫面裡。

人不應只追求時空的一點，人應融入任何時空，
於是便能真正擁有任何時、任何空。

做自己的主人公

無形本寂寥，

傳大士說
能為萬物主

能為萬物主，

不逐四時凋。

人與渾沌本為一體，無分無別；無分別者一也，一者道也，道即佛也，禪也。能真正做自己的主人，就不再會因環境、物件的不同，而改變自己。

人站在無窮與空無之間，緊緊握住剎那、
當下、瞬間！

如果人無法融入於當下、現前，那麼他就是個不瞭解
生命實相，而輪轉於痛苦煩惱的此岸眾生。

其實我們無法明天去看雲、去看魚、去觀水。

因為看雲、看魚、觀水的明天，
也是明天的今天。

如果我們不能當下
融入於今日、
此時、此地、此刻！

因為來臨的每一個明天、
明天、明天……
都只是當時的今日、此時、
此地、此刻。

就沒有別的明天
會來臨。

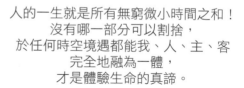

開悟的人生像極了
微積分的基本精神：

永恆是由無窮多數無窮小的
剎那當下瞬間所相加而成。

人的一生就是所有無窮微小時間之和！
沒有哪一部分可以割捨，
於任何時空境遇都能我、人、主、客
完全地融為一體，
才是體驗生命的真諦。

人
境
皆
空

這些構成無窮多數無窮小剎那中，
無論它是好、壞、淨、垢、寒、暑、高、低、

都是整個人生的一部分，
沒哪一部分不是自己。

我們如果排斥忽略它，
就是忽略自己的人生。

生命的總長度，等於一連串無窮多數的當下所累積而成的。

當下就是生命的微分

$$\Delta t = \frac{\Delta \lambda}{C}$$

....
....

$$\Delta t = \frac{\Delta \lambda}{C}$$

人的一生就是所有當下相加的總和，

一生就是所有剎那當下的積分

$$\sum_{\infty} \Delta t$$

生命的實相是：

當下剎那才是真實不虛的！

當我們面對眼前情境時，應如同鏡子一樣無我地如實反映當下現前，只有隨著情境變化，而沒有變化中的那個我存在，這便是最高的空境！

未悟之前……

魚兒想飛，鳥兒想潛水。

開悟之後……

雲在青天，水在瓶中。

兩百年前英國詩人布雷克
絕對也是一位開悟者，
他大概也懂得微積分。

對人生的體悟他寫了
一首悟道心得的好詩：

一沙一世界，

一花一天堂；

握無窮於掌心，

窺永恆於一瞬。

寂靜智慧彼岸的開悟者們
他們的境界又是如何呢？

盡十方世界是沙門眼，
盡十方世界是沙門全身，
盡十方世界是自己光明，
盡十方世界在自己光明裡，
盡十方世界無一人不是自己！

這便是諸法空相，不垢、不淨、不減、不增，無掛礙，無有恐怖，遠離一切顛倒夢想的究竟涅槃啊！

當我們能無我地融入於任何當下，這時沒有一個站在主觀立場的我，也沒有好壞順逆的情境存在，而達到人境兩空的至高空無境界。

這便是寂靜彼岸，是空的最高境界！

同時也是所有過去、現在、未來的修行者們所追尋的終極目標。

12

用心若鏡

人的一生影響最大的是心的問題，

一切本源只在一心，

心正則一切正。

心對了，世界就會對。

仁者心動

西元六七六年，六祖惠能到廣州法能寺參加法會，聽印宗法師講解涅槃經。

這時，寺中的旗幡在空中飄揚。

有一位僧眾說：「那是風在動！」

另一位僧眾說：「不不不！明明是旗在動。」

第一位僧眾堅持說：「那是風在動！」

「是旗在動。」

「是風在動！」

六祖惠能說：「不是風動，也不是旗動，而是你們兩個人的心在動。」

心中
的大浪

有一位名叫大波的摔跤高手，他不但體格強壯，而且精於摔跤之道。

在私下較量時，連他的老師都不是他的對手。

但在正式比賽時，他卻靦腆得連他的徒弟都打不過……

於是，他只好到深山求教禪師。

你叫大波，那麼你就想像自己是巨大的波浪，吞噬一切的狂濤巨浪而不是個怯場的摔跤手。

你只要如此做，不久，會成為全國最偉大的摔跤家，沒有一個人可以打敗你了。

是。

人生有如兩顆橘子

人生際遇有如兩顆橘子，

一顆大而酸，一顆小而甜。

凡人拿到大的，抱怨橘子酸，

拿到甜的，抱怨橘子小。

智者拿到酸的，感謝橘子大，

拿到小的，感謝橘子甜。

橘子是甜、是酸、是大、是小，

一切全都來自於心。

魔由心生

有位和尚，每次入定都遇到一隻大蜘蛛來跟他搗蛋。

我一入定，大蜘蛛就出現了，無論我怎麼趕它，它也不走。

哦……

下次你入定時，拿一支筆，如果蜘蛛再來，你就在它的肚子上畫一個圈圈做記號，看看它是何方的怪物。

是。

和尚照辦了，當他在蜘蛛的肚子上畫了圈圈後，蜘蛛就走了，他也安然入定。

待出定，看赫然發現，那個圈圈在他自己的肚上。

嘻。

人生中往往會遭遇到很多的困擾與煩惱，其中最大的困擾往往是來自於自己。

生命的實相

六祖惠能說：

菩提本無樹，明鏡亦非台。

本來無一物，何處惹塵埃。

學佛的目的在於正確地使用「心」，

以達到無苦之境。

佛教是心的教導，是佛陀傳授眾生如何正確使用心的言教。

我們剛出生的赤子之時，原本懷有正確的心法，心地純潔無瑕無染，沒有絲毫不良習性。

但隨著成長、認知，養成種種錯誤的觀念，於是痛苦、煩惱也因而產生了。

學習佛法即是心法的調禦，破除種種錯誤的價值觀，重拾真如本性。

什麼是正確使用心的方法？

就是把自己的心當成鏡子一樣：

事情未來時，不期待，

事情來時，完全如實反應，

事情過了之後，又回復成空。

心完全融入於當下剎那瞬間，

沒有以過去之心、現在之心、

未來之心看待現前情境際遇。

沒有自我主觀地感受際遇

的好、壞、順、逆分別。

這樣的心便能達到：

竹影掃階塵不動，

月穿潭底水無痕。

像潭面不受月影的影響而騷動，

心不會被不同情境境遇所迷惑。

什麼是空的最高境界？

眼生時無有來處，眼滅時無有去處。

如是眼不實而生，生已盡滅，有業報，而無作者。

我們使用心要如同鏡子反映萬象一樣，

無論境遇如何變化，

只有完全順勢反映事情的行為，

而沒有行為的那個「我」存在。

於一切相不念，常住不變易、無我、無我所，能夠這樣安

住自己的心，便是空的最高境界啊！

13

金錢的意義

台灣諺語說：「人兩隻腳，錢四隻腳。」

人不可能追得上錢。

錢像女人一樣，當你沒料時，怎麼追都追不到。

當你有料時，不用施力就追到。

致富是完成夢想之後的後遺症。

貧與富

有一農夫，在山野中挖到一座價值連城的金羅漢。

哇！金羅漢！

最少有一百多斤的金子打造的呢。

哈哈哈，我們這一生都可吃喝不盡了！

他的家人和親友都很為他高興。

可是農夫卻悶悶不樂，整天愁眉苦臉地坐著沉思⋯⋯

富不富有，不在於金錢的多寡，而在於知足不知足。

憂愁啊⋯

你已成千萬富翁了，還有什麼事好憂愁的呢？

因為我不知道另外的十七座羅漢在哪裡？

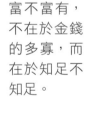

人生
的牢獄

每個人都自以為自己是個鳥籠，
目的在捕捉他生命中的鳥……

名利

其實每個人都是一隻鳥，
在尋找關自己的鳥籠……

成就 權勢

失去的誤以為是「得」；
被獵的還自以為是獵人。

人耗盡一生追求一切，其實是被一切所埋葬。
人生所追求的難道只是一重重的牢獄而已？

給子女遺產會使他們變成垃圾

股神巴菲特把百分之九十九的錢捐給慈善單位。

他曾對自己的子女說：「你們能在我身上拿到一塊錢美金就是走運了。」

因為巴菲特認為：

把錢留給子女，會使他們變垃圾。

猶太人認為每個人來此一輩子，

應該自我賺取財富來證明自己。

舅舅有限

有一天早上，有個人心情悲傷地往市場的方向走。

他的朋友問他說：「到底是怎麼一回事？」

這個人說：「兩個星期以前，我的一個舅舅死了，他留給我一百萬。」

朋友說：「你瘋了嗎？如果你舅舅留一百萬給你，你應該高興才對，而不是悲傷。」

這個人說：「是的，的確該如此，但是上個禮拜，我的另外一個舅舅過世了，他留兩百萬給我。」

朋友說：「你真的瘋了，你應該跳舞、欣喜和慶祝，因為沒有理由不高興！你是世上最快樂的人！」

這個人說：「這我知道，但我已經再也沒有舅舅可以留給我遺產了。」

富不富有不在於金錢的多寡，而在於知足不知足。

凡夫無法創造奇蹟，為自己開創一片天地，因此常常期待好運的到來。

其實這個故事也有一個正面的隱喻，

這個人得到兩份遺產，他還頭腦清楚知道：這輩子再也沒有第三個舅舅的遺產能繼承啦。

你自己有寶藏還來向我求。

什麼是我的寶藏？

佛就在你身上，你都不知道，我怎麼給你？

想通事理，發現自我，全在於自己。人往往騎騾找騾，走出大門越遠就越迷失自己。

香嚴上樹

有個人爬到樹上，用嘴咬著樹枝，這時有人問他說：

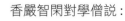

香嚴智閑對學僧說：

請問什麼是佛法最精的大意？

這時他若不答，便是無視了問者之意；

但他若答，便會摔下來而失去生命……

你們說，他應該如何才能從這困境中脫出？

招上座答說：

我不問他在樹上怎麼辦，我問，他沒上樹前，是怎麼樣？

哈哈哈哈

在無言語之前的真理，應用無言語之前的生命去回答。

不執著
兩邊

有一個富人，他雖然非常有錢，但生性吝嗇，從來都捨不得花一文錢。

有一天，默仙禪師來拜訪他……

假如我的拳頭永遠這樣始終不變，你稱那叫什麼？

畸形。

假如這隻手永遠這樣，始終不變，你又稱它做什麼？

還不是一樣，畸形！

只要你多瞭解這點，你就是個快樂的有錢人。

一切相對的好惡、有無、利害、人我等，都是分別心。才一起見便背本心，就落在兩邊，而禪是中亦不立的。

從此，這位富人就變得很通達；不僅節儉，也懂得施捨、花錢。

14

智慧之眼

禪師對弟子們說：「在這裡你學不到禪，你只會學到如何思考；

你學不到知識，你只會得到智慧；

你得不到文憑，你只會學到真本領。」

我沒有手機、但從不遺漏信息，我沒有手錶、但有時間。

我沒銀行提款卡、但有鈔票。我沒有文憑，但有的是智慧。

知識與智慧不是兄弟，他們分屬於不同等級。

知識能依靠學習獲得，智慧則需要自己頓悟。

能用於一時單一問題的是知識，

能於任何時間解決任何問題的是智慧。

別固執於自我

水從高山衝下瀑布，

經過急流到綠洲，過不了沙漠。

水再一次衝下瀑布，

經過急流到綠洲，又越不過沙漠。

水在沙漠前面哭著說：「沙漠是水的宿命，水永遠越不過

沙漠。」

這時風對水說：

「你可以不只是水，你可以化成

水蒸氣，升上天空變成雲朵。

再透過我的幫忙把你吹過沙漠，

你便可以變成雨降落地面，

這不就越過了沙漠？」

如果我們抱持著「我」，

便無法面對不同際遇。

水自認為自己是水，便無法橫越沙漠，

水可以變化為水蒸氣、變化為雲、雨，能隨不同際遇變化，沙漠便不是阻礙了。

成敗勝負只在一心

有人問智者說：「什麼才是成功的關鍵？」

智者給他一顆花生：「用力捏捏它。」

那人用力一捏，花生殼碎了，

只留下花生仁。

智者說：「再用力捏捏它。」

那人又照著做了，紅色的種皮被搓掉了，只留下白白的果實。

智者說：「再用手捏它。」

那人用力緊捏，卻無法把它壓碎。

智者說：「雖然屢遭挫折，一顆堅強的百折不撓的心，就

是成功的關鍵。」

成功的關鍵只在一心，你的心決定了你成功或是失敗，你相信必然成功，成功也會相信你的心。

心中無念，即是智慧

學僧問大珠慧海禪師說：「智慧能由外求嗎？」

珠慧海說：「智慧無法往外求得。」

學僧問：「智慧既不可得，為何你說唯念是智慧？」

珠慧海說：「智慧無實體，不由哪裡來，不往哪裡去。智慧不可得，心中無念，不生善惡分別，即是智慧。」

面對不同情境時，不以站在自己的立場去分析際遇的好壞順逆，只是無我地隨著變化而變化，而沒有變化中的那個我存在，就是開悟者最高的智慧。

處處皆是智慧

有人問大珠慧海禪師說：「智慧大嗎？」

大。

有多大？

無邊無際。

智慧小嗎？

小。

小。

有多小？

小到看不見。

智慧在何處？

何處不是智慧？

什麼是見性？

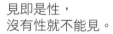

見即是性，
沒有性就不能見。

如何才是修行？

不污染自性，就是修行。不自欺欺人，就是修行。

性中有惡嗎？

隨順喜樂大用現前，
就是最高的修行。

心

性中連善也無。

性中沒有善惡，要這個心
幹什麼？

以心來指使心，
就是大顛倒。

應該怎麼做才能不顛倒？

不需要做什麼，
做了就是顛倒。

你只能融入真理

那羅陀對他的老師說：「老師，我讀完全部的《吠陀經》，我已經通曉一切了。」

他的老師說：「你讀到的只是經典的名字。」

那羅陀說：「什麼東西勝過名字？」

老師說：「語言勝過名字，語言使人瞭解真假善惡，瞭解真實。」

那羅陀說：「什麼東西勝過語言？」

老師說：「心勝過語言，心是自我、心是世界、心是梵。」

那羅陀說：「什麼東西勝過心？」

老師說：「意志勝過心。」

那羅陀說：「什麼東西勝過意志？」

老師說：「思考勝過意志。」

那羅陀說：「什麼東西勝過思考？」

老師說：「默想勝過思考。」

那羅陀說：「什麼東西勝過默想？」

老師說：「領悟勝過默想，領悟之後才會得到智慧。」

那羅陀說：「是的，老師。」

老師說：「經文的文字不是智慧，它的語言內容也不是智慧。要經過心的吸收、通過意志、思考、默想得到領悟才成為自己的智慧。」

你無法得到真理，你只能融入真理裡。

真理藏於微妙的本質裡，

雖然看不見，但事實上卻有這種東西。

就像榕樹的生命實相裡面是空的；

就像鹽溶於水中。從裡面看不見，

從表面也看不見，你只能親自去體會。

文字不是
智慧

爸爸，我已懂得吠陀經中的含義和真理。

我教你一些書本所沒有的知識。」

首吠多迦陀苦心研究《吠陀經》十二年。

哈哈！終於全部讀通了。

把它剝開。

剝開了。

你摘一顆榕樹的果實給我。

是。

裡面有什麼東西？

幾粒很小的種子。

鹽通通不見了。

嚐嚐水桶表面的水。

是鹹的。

嚐嚐水中央的味道看看。

也是鹹鹹的。

嚐嚐水底的味道看看。

還是鹹的。

兒子啊！這桶水像你的身體，而最真實的自我就像鹹味一樣微妙地藏在本質之中。那是真實，那是自我，而你也就是那個東西。

真理藏於微妙的本質裡，雖然看不見，但事實上卻有這東西。就像榕樹的生命實相裡面是空的；就像鹽溶於水中。從裡面看不見，從表面也看不見，你只能體會、實踐。

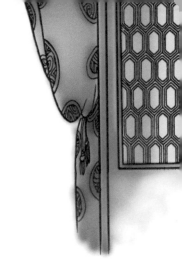

真愛無我

一個人從高山、到沙漠、到綠洲，
到他真愛的居所。
「砰！砰！砰！」他敲門。
「誰啊？」
「我！」
屋裡的人回答說：「對不起，裡面容不下你和我。」
他只好回到高山苦思，一年後他終於想通了。於是再從高
山、到沙漠、到綠洲，到他真愛的居所。
「砰！砰！砰！」
「誰啊？」
「你！」
屋門打開了，屋裡的聲音說：
「真愛無你我，無我才能進來。」
真理無法獲得，我們無法進入真理，

只能無我地融入真理，成為真理本身。

傻子借書

傻子向智者借書，希望得到智慧，
智者說：「大象撿到一根骨頭沒有用，
骨頭屬於狗。對猴子而言，貴重的寶石不如一根香蕉。」
任憑弱水三千，我只取一瓢飲，
真正自己所需要的東西才珍貴。

善惡同源

《聖經》說：當年上帝發大水淹沒不義之人時，曾預先告
知義人諾亞，讓他造好一隻大船，全家避難於船上，並將
所有動物按一公一母配齊，各帶一對。
當時「善」聞訊後也急急忙忙跑來找諾亞，要求登舟避難。

諾亞說：「我只能讓公母各成一對的上船。」

「善」只好跑回樹林，尋找可以和自己成為一對的對象，

結果找到「惡」，便成雙成對地登上方舟。

從此有善的地方，

就必有惡的存在。

善要惡搭配才能顯彰，

善與惡幾乎同時到來。

事物別只看到好的一面，

還要慎防壞的另外一面。

指月的喻語

無盡藏尼向六祖慧能說：我研讀《涅槃經》多年，卻仍有多處不甚瞭解，還請不吝指教。

我不認識字！請你把經文念出聲，或許在下可以略解其中的真理。

你連字都不認得，如何能瞭解其中的真理？

真理是與文字無關的！真理像天上的明月。

而文字卻像您我的手指。

手指可以指出明月的所在，但手指卻不是明月，看月也不必一定透過手指，不是嗎？

語言、文字只是借用來表達真理，只是幫你達到悟境的舟車而已，誤將文字以為真理，不正像以為手指是月亮一樣可笑嗎？

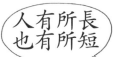

人有所長
也有所短

你跟我來。

現在別人都
走光了，可
以告訴我了
吧？

等到周圍
沒有人的
時候才教
你好了。

清平問
翠微說：

什麼是佛教的
根本意義？

是是是。

你看，這邊的竹子
高，那邊的竹子低。

人有智愚，竹有高低，
高低智愚並沒有絕對的
好壞善惡，高有高的
好，低有低的巧。

15

開悟是什麼？

沒有困境，便沒有頓悟。

沒有真切融入生活，便不是修行。

神給我們五種感官，而魔鬼發明了頭腦。

肉體像剛出生的嬰兒，餓了就吃，睏了就睡。

永不滿足的貪欲渴望，才是心中的魔鬼。

開悟就是回復父母未生之前的本性，

不再依世間染著的習性行事。

拈花微笑

佛祖釋尊在靈鷲山，登上高座準備説話。

忽然釋尊拿出一朵花，眼觀眾弟子的反應，眾人都不明白佛祖的意思，而默默不語。

只有摩訶迦葉尊者，破顏微笑。

禪是佛教的神秘主義

每個宗教，都會孕育一批神秘主義者。

神秘主義講求親身經驗的主張，不經由教會、祭師、儀式、律法，而直接與真理接觸及融合為一的悟道傳授方法。

如基督教的靈智主義、猶太教的卡巴拉、回教的蘇菲主義，而佛教的神秘主義則是「禪」！

禪是隱喻的真理

禪師向來都是用隱喻來說法，用故事比喻真理。

弟子說：「我無法理解老師所說的意思。」

禪師說：

「因為我拿出來的是一盒珍珠，

而你所看到只是外表的盒子。」

弟子說：「你只講故事，卻不告訴我們如何去瞭解故事的隱喻。」

禪師說：「我給你一顆水果，

但不能替你吃掉果肉。」

禪是通過生活中才能體會的，

無法從語言文字中獲得。

除非我們經歷了開悟者的修行過程，

我們才能真正明白開悟是什麼？

地獄才是天堂

一塊冰在撒哈拉沙漠，被太陽融化得只剩小小一塊。

冰感嘆著說：「沙漠是冰的地獄，北極才是冰的天堂。」

沙對冰塊說：「冰在沙漠時才最珍貴，冰在北極是最不值錢的東西。」

處於太平順世之時，

無論是誰大家都相差不多。

如果我們處於苦難絕境，

正是顯彰最高自我價值的時候，

頓悟能將地獄化為天堂

弟子問禪師說：「頓悟是什麼？」

禪師回答說：

「炙熱的撒哈拉沙漠原本是冰的地獄，

當冰想通了關鍵點：『冰在沙漠比

黃金還貴！』這便是頓悟！」

沒有困境，便沒有頓悟！

沒有黑暗，就沒有光明。

拔除一切舊有

有人問禪師說：「如何修行成為一個禪者？」

禪師回答說：

「首先捨去腦袋原有的東西，

捨去你原以為的真理、

捨去你先入為主的觀念、

捨去你原來的種種制約。」

「然後呢？」

「當這些不復存在，死而後生之後，

再真誠地去面對發生在你身上的事。

你便有可能成為一位真正的禪者。」

凡夫，是迷航於大海沒有港口的孤舟。

開悟的修行者，是脫去外殼的真理。

禪，是體悟生命實相之後的生活態度。

自己是開悟的障礙

有人問空空禪師說：

「你是如何開悟的？」

「是因為一隻狗，我才開悟的。」

「幫助你開悟的導師是一隻狗？」

「沒錯，是一隻狗讓我開悟的。」

空空禪師說：

「有一天我看到一隻狗站在水邊快

渴死了。每次牠探頭到水邊就

嚇一跳，因為水裡有一隻狗。」

「然後呢？」

空空禪師說：

「最後牠渴得實在受不了，

顧不得恐懼便縱身躍進水中，

發現水中的狗不見了，原來無法

喝水解渴的障礙只是自己的影子。

由這件事我發現隔著我的障礙是我

自己，於是我的障礙頓失因而

開悟了。」

人生的一切痛苦煩惱，

往往是來自於自己，

自我是人最大的障礙。

禪者將真理落實為行動

一個人飽讀經書，而不去實行，

只是一隻揹著大捆經典的驢子。

禪不死背經典詞句，

而是將體悟的真理落實為實際行動。

真理融入於時空中

真理像一粒融入於水中的鹽，
看不到、拿不著，
但水中處處都存在著真理，
處處都嘗得到真理的滋味。
本質唯有品嘗時才能顯露！

融入時空的開悟者

長沙和尚說：
「盡十方世界是沙門眼、
盡十方世界是沙門僧、
盡十方世界是自己光明、
盡十方世界無一人不是沙門自己。」
開悟與否的關鍵是：

真正熱愛生命每一剎那，

還是我們只是面對生命？

人的一生是由無窮多數個當下剎那相加而成，每個剎那當下就是我們整體一生的時間切片，剎那當下整體境遇，沒有哪一部分不是自己。

禪者無分別心

一瞬剎那，切開過去與未來。

一個十字路口，隔成四個部落。

一道邊界分成兩個國家。

開悟的禪者不分別好壞、善惡、日夜、寒暑、你我，

他只是無我地融入於任何時空，

不存在過去、不存在未來，他踩在空無之間，

盡情地活出每一個現在。

習性不是本能

神給我們五種感官，
而魔鬼發明了頭腦。
開悟就是回復父母未生之前的初始本性，不再依世間所染
的習性行事。

善惡在一線之間

智者對弟子說：「去市場買最好的食物。」
弟子去了，買回一個舌頭。
智者又對弟子說：「去市場買最壞的食物。」
弟子去了，又買回一個舌頭。
智者對弟子說：「恭喜你終於開悟了！」
另一個弟子不解地問智者說：

「老師說好食物，他帶回一個舌頭，

老師說壞食物，他也帶回一個舌頭，

而老師卻說他開悟了，這是為什麼？」

智者回答說：

「舌頭是善和惡的根源。

當它善的時候，沒有比它更善的了；

當它惡的時候，沒有比它更惡的了。」

奢華與單純

一群求道者到智者解脫禪師身邊，

發現他周邊都是窮極奢華之物。

他們又到山林拜訪一位獨覺禪師，

發現他的周遭只有一塊坐墊和一壺水。

求道者向獨覺禪師說：

「你才是我們的典範，不像解脫禪師圍繞在種種奢侈之

間，離道甚遠。」

獨覺禪師嘆息流淚地說：

「不要被膚淺的外觀所惑啊！

解脫禪師之所以環繞奢華之間，

是因為他對奢華無動於衷。

我置身於簡樸單純之中，

是因為我對於單純無動於衷。」

修行者要先使自己一無所有，連隔天的藥都不能擁有。如果一無所有他還能活得像置身於天堂一樣，那麼他再也不會被名利所誘惑，這時擁有便無法影響他了。

隨喜生活

小和尚看到禪院草地一片枯黃。

禪師說：「撒一些花草的種子吧。」

小和尚問禪師說：「什麼時候撒種子？」

禪師說：「隨時。」

小和尚撒種子時，一陣風把種子吹走了。

「不好了！種子被吹走了。」

禪師說：「被風吹走了一些沒關係，隨興。」

小和尚說：「反正被吹走的種子多半是空的，撒下去也發不了芽。」

小和尚看到很多小鳥在啄食種子，又跑回來報告：「不得了！種子都被小鳥吃了！」

禪師說：「種子很多，吃不完的，隨遇而安。」

半夜一陣驟雨，小和尚說：「師父，好多種子被雨沖走了！」

禪師說：「種子愛到哪裡就到哪裡，隨緣。」

春天到了，原本雪白光禿的地面，慢慢地長出許多青翠的嫩芽。前院、後院、屋頂、牆腳到處綠意盎然。寺院各個角落開滿各色花朵，原本清澈雪白的冬色，變成五彩繽紛

的春色，滿山、滿谷到處都開滿了花朵。

小和尚高興得跑回來告訴禪師：「師父！師父！花開滿寺院各個角落，滿山遍野連沒有撒種子的地方都開滿了美麗的花朵。」

禪師說：「隨喜。」

禪，即是體悟生命實相之後的生活態度。

面對任何情境時，內心不生好、壞、順、逆分別，只是隨時、隨興、隨緣、隨喜、隨遇而安，心與境相應地順其自然。

隨不是隨便，是把握機緣，不悲觀、不刻板、不慌亂、不忘形。

五隨總括就是珍惜一切，

輕鬆隨興過生活吧！

16

成功的定義

成功是考試都考一百分，擁有一大堆文憑嗎？

成功是在世時，賺取很多名位財富嗎？

人生在世是為了來換取名位權勢財富的嗎？

人的一生有三個名字：第一個是父母所取的名字；

第二個名字是朋友對你的暱稱；

第三個名字是死後別人對你的評價。

成功就是死後別人對你的尊稱。

你唯一擁有的，就是沉船時你不會失去的東西。

你唯一帶得走的，是你死後大家還記得的東西。

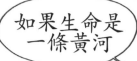 如果生命是
一條黃河

生

死

如果我是黃河——河的源頭是我生之時；
出海口是我死之刻。

我從疏細的小
水慢慢彙聚成
流，再慢慢形
成大河。

在我的旅途中
時而狹逆。

時而寬暢。

時而洶湧澎湃。

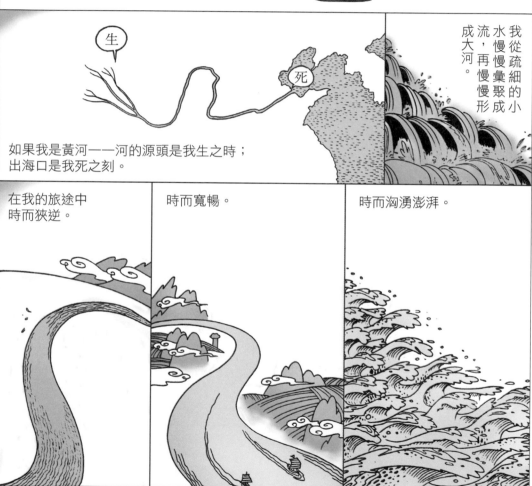

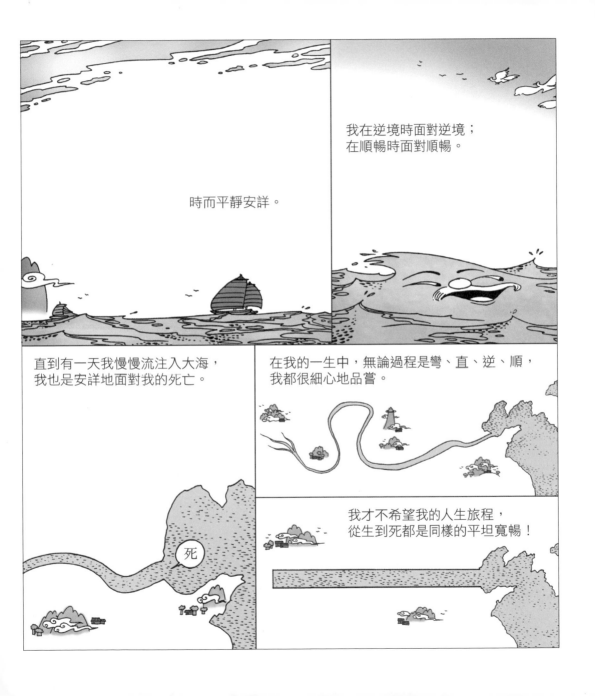

脫去名利的外衣才是真實的自己

山上的寺院，有一個和尚，

和一隻天天在磨房拉磨的驢子。

驢子說：「日子不應該是這樣，

只是天天無聊地拉磨啊！」

有一天，和尚帶著驢子下山去馱東西，牠興奮不已。到山

下，和尚把東西放在驢子背上，上山返回寺院。

沒想到路上行人看到驢子時，都虔誠地跪在兩旁頂禮膜

拜，驢子不明白人們為何要對自己跪拜？

沿路一直都是如此，驢子不禁飄飄然起來。

驢子說：「原來我很偉大，人們才如此崇拜我，只是過去

住在深山寺廟大家不知道。」

於是牠便趾高氣揚地站在馬路中間，

坦然接受人們的跪拜。

回到寺院裡，驢子認為自己身分高貴，再也不肯拉磨了，

和尚看驢子瘋了，只好放牠下山。

驢子走下山，看見一群人敲鑼打鼓迎面而來。

驢子說：「哈哈！他們來迎接我啦！」

於是大搖大擺地站在馬路中間，準備接受人們跪拜。

那群敲鑼打鼓的人原來是一隊迎親的隊伍，他們看見一隻驢子攔在馬路中間，怎麼趕也趕不走，便很憤怒地用棍棒打跑了驢子。

驢子逃回寺院已經被打得奄奄一息，

臨死之前驢子問和尚說：「人心真難以理解啊！我第一次下山時，人們對我頂禮膜拜，而今天他們竟對我痛打。」

和尚說：「你真是一隻蠢驢啊！那天他們不是跪拜你，而是跪拜你背上馱的佛像啊。」

如果我們擁有財富，

別人崇拜的只是我們的財富。

如果我們有權力地位，

別人崇拜的只是我們的權力地位。

如果我們青春美貌，

別人崇拜的只是我們的青春美貌。

當財富、權力地位、青春美貌都不再之時，如果別人還崇拜我們，那才是真正的崇拜，才真是成功的典範。

成功是留下讓後世人獲益的東西

成功不是生前聚集了多少財富，地位有多高。而是在世時所做出來的成就，讓多少人、多長時間受益。是讓後世人受益的事物，使他留名的。

例如北宋張擇端花十年時間素描來往開封市的人群商隊，畫出了北宋《清明上河圖》。張擇端的大名便傳世一千年。北宋王希孟年少便進入宮廷畫院翰林書畫院，十八歲時畫出中國第一張青綠山水長卷《千里江山圖》，王希孟的大名便成為中國繪畫史的一部分了。成名是依附在他所做的事物上，才得以傳世的。

我們是因為：

月落烏啼霜滿天，江楓漁火對愁眠。

姑蘇城外寒山寺，夜半鐘聲到客船。

這短短二十八個字，才記住作者張繼的。

白日依山盡，黃河入海流。

欲窮千里目，更上一層樓。

〈登鸛雀樓〉這首短短二十個字的詩，讓王之渙留名一千
多年，只要人們還記得這首詩，王之渙的名字便永遠傳世。

我畫過漫畫唐詩宋詞，

原本我不明白李白為何在〈將進酒〉寫：

古來聖賢皆寂寞，唯有飲者留其名？

後來從杜甫〈飲中八仙歌〉：

李白鬥酒詩百篇，長安市上酒家眠，

天子呼來不上船，自稱臣是酒中仙。

才明白李白的意思：酒壯詩情，詩助酒興。是創作詩詞的
人才能留其名。

回顧我們所熟知的知名古聖先賢，幾乎都是創作者，是創作的作品使他們的大名隨著作品留傳至今的。

成功就是，將簡單的事情重複做。

成功就是，如實做自己，把自己的角色扮演好。

十月一日，達摩受梁武帝之邀到達首都南京。

這時南朝的梁武帝非常喜歡佛法，平時經常穿著佛衣，長期吃齋念佛。

梁武帝問達摩說：

「朕一生弘揚佛法，造寺、度僧、抄經無數，到底有多少功德？」

沒有功德。

為何沒有功德？

你所為的只是人天之果
有漏之因，如影隨形，
看來雖有，其實並無。

什麼才是真功德？

清淨智慧，微妙圓融，
本體空寂，無法可得。

這種功德，絕非世間
有為法所能求得的。

什麼是聖人所求
的第一義諦呢？

廓然浩蕩，
本無聖賢。

對朕者誰？

我不認識。

佛法空空然，並無聖凡之分。

什麼是聖諦的僧俗之別？

對朕者是誰？

武帝與達摩話不投機，
達摩便離開南梁。

不識！

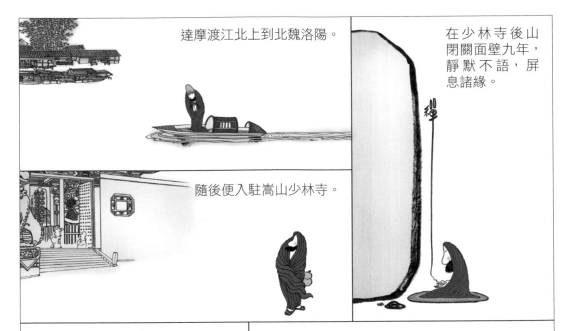

達摩渡江北上到北魏洛陽。

在少林寺後山閉關面壁九年，靜默不語，屏息諸緣。

隨後便入駐嵩山少林寺。

達摩四論

相傳達摩後來留下《血脈論》、《悟性論》、《破相論》、《二入四行論》四本頓悟法門著作。

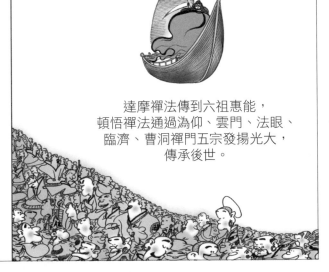

達摩禪法傳到六祖惠能，頓悟禪法通過溈仰、雲門、法眼、臨濟、曹洞禪門五宗發揚光大，傳承後世。

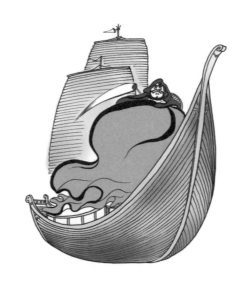

17

死亡

睡覺時，
要記得「死」隨時會來這件事。
醒來時，
要記得「生」不會長久這件事。

生死大事

禪師對弟子們說：

人哭著來到這世間，總是不情不願。

人哀怨離開這世間，總是不情不願。

生命一開始，你不習慣它。

然後，慢慢地習慣它。

然後，慢慢愛上它。

然後，接受失去它。

這就是生命的過程，人應好好善用自己的一生。使人人的
生活，都不至於是一種浪費。

為死亡做準備

明代無異元來禪師說：

「工夫不怕不得活，怕不得死，

要疑情成一團而大死著。」

他又說：

「死之一字貼在額上，如一身全死去。」

印光大師和弘一大師都曾引用過這段話。

人生在世數十年，

各種節日都度過數十次。

我們在各種節日來臨之前，

會預先作好準備。

死亡的日子只有一次，

所以更應該為它的來臨作好準備。

蕭伯納的人生致謝辭

一九九九年十二月，Discovery 頻道整整一個月播出二十世紀最偉大的畫面，其中有一段是諾貝爾文學獎得主愛爾蘭劇作家蕭伯納的人生致謝辭。整段視頻只有一個蕭伯納

半身鏡頭，滿頭銀白的頭髮，長相非常優雅。

蕭伯納說：「我這輩子要感謝我的家人、師長、朋友對我的愛護，由於你們對我的愛護，讓我這輩子過得幸福無比，謝謝你們！謝謝你們！謝謝你們！」

然後他轉頭對左邊、右邊、中間分別微笑說：「byebye！」「byebye！」「byebye！」

一星期後他就離開人世，享年九十四歲。

蕭伯納是個開悟的禪師，自知自己為何來到此世間，自知自己要走的日子。

哭著而來，笑著而去，

把人生活成一趟精采之旅。

洞山圓寂

過去開悟的禪師們都自知自己何時要離開此世間，有的禪師還自己決定要走的日子，六祖惠能、洞山良价都是如此。

西元八七二年三月，洞山良价禪師知道自己遠行的日子已到。

洞山對弟子們說：「我要走了，你們不可以哭，生時操勞，死為休息，悲傷哭泣沒有任何好處。」

他便命人為他剃髮披衣，撞擊起寺院的大鐘，洞山良价安然坐化。弟子們看到師父真的走了，放聲大哭了好幾個時辰，洞山忽然睜開眼睛從座位上站起來。

對眾僧說：「出家的人不要為虛幻的外物所牽制，這才是真正的修行。」

於是洞山又跟弟子們一起生活，一起吃飯。

七天之後，洞山又跟弟子們說：「我要走了，這次你們不可以再哭，再哭我又要再活回來！」

於是洞山就回到自己的禪堂，

端正地坐在那裡圓寂了。

鄉下的告別式

小時候，鄉下大家都很窮， 每當有老人家自知該是走的時候了，便會要大兒子替他準備後事。於是將正廳大門拆下來，放在兩條長板凳上面，鋪上墊被當床，讓臨終的老人家躺在正廳右側，左側則擺上剛買來的棺木。

遠行或出嫁的子女趕回家見最後一面，老人家交代完後事，兩、三天後終於走了。

子女哭成一團，然後全村大家再一起幫忙處理出殯等後事。

貧困的農村很少有人敢上醫院，生怕帳單一下來幾年也還不了錢。而這種生於家裡，死於家裡的做法其實很人性，又死得有尊嚴。

我一生沒生過病，也從沒去過醫院。

我臨死之前也不會去醫院，企求通過高科技設施來延長壽命。我會學從前鄉下老人家處理方式，會學古代的禪師向

弟子們交代後事，也會學蕭伯納來一場人生的告別式，我
會在西溪溼地蔡志忠工作室的後院湖邊辦一場限額六十
個親朋好友出席的人生告辭 Party。

子路問孔子說：「敢問死？」

孔子回答說：「不知生，焉知死？」

知道如何生，必然知道該如何面對死。

如果我們把自己的一生活成天堂境界，雖然我們哭著而
來，但將會笑著而去。

跋 動漫一生

計畫自己的人生

印度《吠陀經》說：「如果一個人四十歲時還沒有覺悟，
便如同死亡。」
我們打開門走出去，
是因為知道要去哪裡。
我們開車上高速公路，
知道要去什麼目的地。

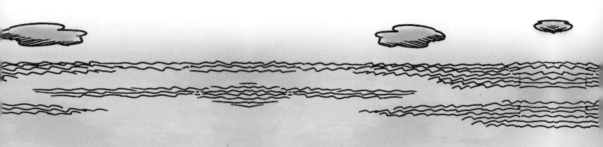

然而人生這麼大的旅程，大多數人竟然走了大半輩子，還不知道自己的目的地，豈不是很荒謬。

如果一個人隨波逐流，沒有目標的人生，像一艘沒有羅盤、航海圖，漂流於汪洋中無法靠岸的孤船。

我們有幸來此一輩子，

應該先想清楚這一生應該怎麼過？

這輩子應該怎麼走？

從前兩岸還沒有直航的時代，我在香港機場轉機要回台北超過五十次，對於歸心似箭的我，一心想回台北，我才懶得理別人要去紐約、倫敦或巴黎。

由於我們沒有自己最愛的目標，才會亂羨慕別人要去夏威夷或是大溪地。

如果我們清楚知道自己人生的目的地，才懶得理誰高升為公司總裁，或是誰今年賺了多少億台幣。

明朝無異元來禪師說：

「人自出生以來，要疑：

生從何來？死向何處？」

我一出生就受洗為天主教徒，

一歲開始念讀道理班，念聖經。

三歲半時成為標準天主教徒，同時也開始思考這個人生大

問整整一年：

「我是誰？

我從哪裡來？

我要去哪裡？」

四歲半時，

從父親送給我的小黑板找到人生之路。

我發現自己很喜愛畫畫，也畫得很好！

於是便立下志向：

「只要不餓死我，

　我要一生一世永遠畫下去，

　一直畫到老、畫到死為止。」

九歲時，台灣剛好流行漫畫，葉鴻甲、陳海鴻、陳定國、

劉興欽、林大松等漫畫家是我的超級偶像，我對漫畫瘋狂地入迷。於是便立志要成為「漫畫家」！

十五歲，初中二年級暑假，我寄了四頁漫畫到台北集英出版社，被採用了，第二天，我隻身到台北正式成為職業漫畫家，展開我的動漫一生。

三十六歲時，我已經開了七年的動畫公司，拍了無數動畫廣告影片與四部動畫電影。當時我擁有三棟房子、存款

八百六十萬台幣，我對自己說：「夠了！這一生為了錢而做事的日子到此為止。」

於是我結束動畫公司，隻身到東京四年，畫「漫畫中國哲學思想」。

因為我想通了一個事實：「我們來此一生不是為了換取名利財富，世間不是金錢名位的交易所。」

常常有人問我：「你為什麼要畫畫？」

我總是回答說：

你為何不去問花為何要開？

樹為何要長？雲為何要飄？

水為何要流？時鐘為何要走？

因為花就是愛開，

樹就是愛長，

雲就是愛飄

水就是愛流，

時鐘就是愛走，

我就是愛畫畫。

我從十五歲成為職業漫畫家，直到今天剛好從事動漫五十週年，五十年來我幾乎每天工作，沒有哪一天沒畫畫。

我平常天黑就睡覺，凌晨一點起床，連續工作到下午兩點才吃午飯，我四十二年不吃早餐，最近兩年每天只吃一次。除了蛀牙和感冒之外，從沒有生過病，沒去過醫院。

由於我一生從事自己喜歡的工作，所以從來不累、不餓、不睏、不病、不死。

有人說：「你真是超乎常人地努力認真。」

我總是回答說：「我一生從沒工作過，唯有的只是夢想完

成過程的享受。」

有人說：「每天工作十六個鐘頭而不累，真難以理解。」

我說：「從事需要毅力支撐的事物才會累，當你選擇自己的摯愛做為職業，跟自己的焦點熱戀，便沒有累這回事。」

如果現在你問我：「你對自己的一生有何感想？」

我會回答說：「日日是好日，處處是天堂。」

國家圖書館出版品預行編目資料

蒲公英的微笑 / 蔡志忠著.
-- 初版 .-- 臺北市：皇冠，2014[民 103].6
面；公分 .--（皇冠叢書；第 4398 種）（蔡志忠
作品集；01）
ISBN 978-957-33-3085-1 （平裝）

855   103009757

皇冠叢書第 4398 種
蔡志忠作品集 01

蒲公英的微笑

作　　者─蔡志忠
發 行 人─平雲
出版發行─皇冠文化出版有限公司
　　　　　台北市敦化北路 120 巷 50 號
　　　　　電話◎ 02-27168888
　　　　　郵撥帳號◎ 15261516 號
　　　　　皇冠出版社 (香港) 有限公司
　　　　　香港上環文咸東街 50 號寶恒商業中心
　　　　　23 樓 2301-3 室
　　　　　電話◎ 2529-1778　傳真◎ 2527-0904
責任編輯─許婷婷
美術設計─程郁婷
印　　務─林佳燕
著作完成日期─ 2014 年 01 月
初版一刷日期─ 2014 年 06 月
初版九刷日期─ 2019 年 11 月
法律顧問─王惠光律師

讀者服務傳真專線◎ 02-27150507
電腦編號◎ 552001
ISBN ◎ 978-957-33-3085-1
Printed in Taiwan
本書定價◎新台幣 280 元 / 港幣 93 元

● 皇冠讀樂網：www.crown.com.tw
● 皇冠Facebook：www.facebook.com/crownbook
● 皇冠Instagram：www.instagram.com/crownbook1954
● 小王子的編輯夢：crownbook.pixnet.net/blog